Oye, hormiguita

Oye, hormiguita

Phillip y Hannah Hoose

Ilustrado por Debbie Tilley

TRICYCLE PRESS

Berkeley/Toronto

NIÑO: Oye, hormiguita, que estás allá abajo.

¿Me escuchas? Contesta y dime algo.

¿Ves este zapato? ¿Lo estás viendo bien?

Ahora va a dejarte más plana que un papel.

HORMIGA: Por favor, no me aplastes, ¡no seas tan cruel!

Cambia de opinión, piénsalo otra vez.

Hoy llevo a mi casa migas de un pastel.

Por favor, te ruego, no bajes el pie.

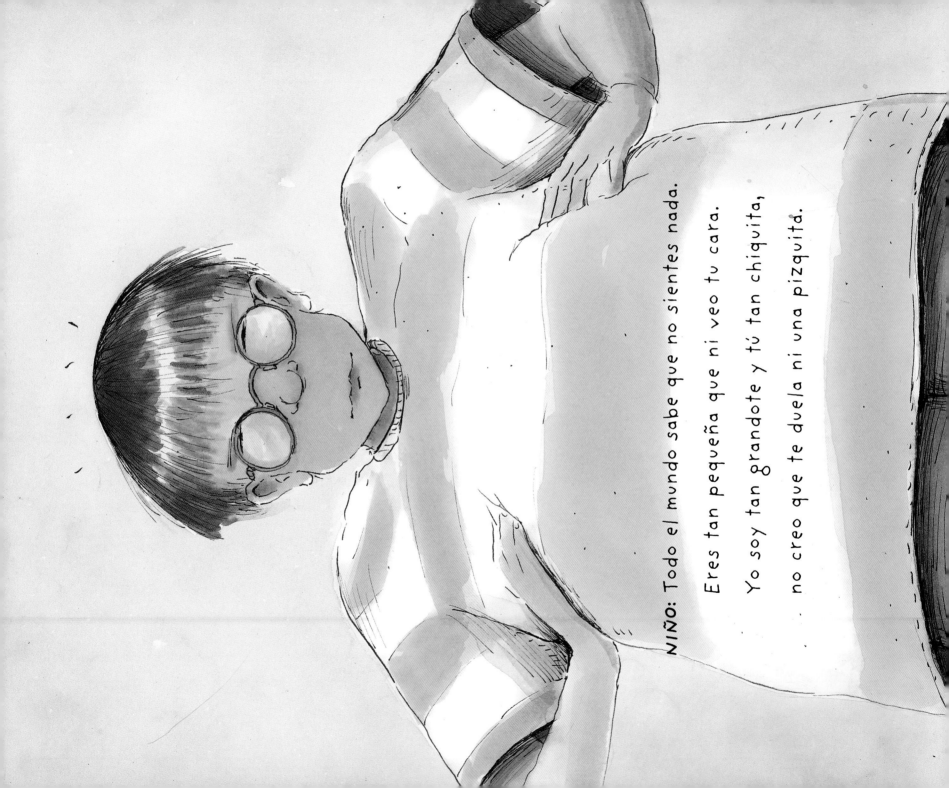

NIÑO: Todo el mundo sabe que no sientes nada.

Eres tan pequeña que ni veo tu cara.

Yo soy tan grandote y tú tan chiquita,

no creo que te duela ni una pizquita.

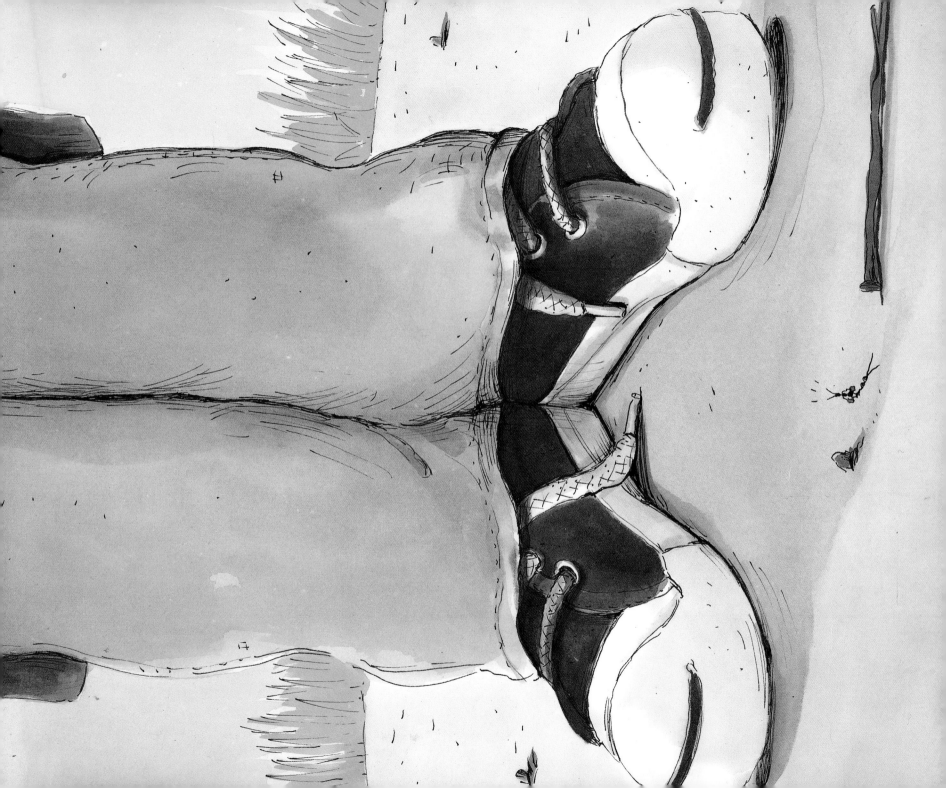

HORMIGA: Tú eres un gigante y por más que te diga
nunca entenderás lo que es ser hormiga.
Acércate un poco y entonces verás
que nos parecemos y esa es la verdad.

NIÑO: Pero, ¿tú estas loca? ¿Tú y yo, parecernos?

Yo tengo papás y un hermano pequeño.

Tú eres sólo un punto que anda por ahí.

A nadie le importa que te aplaste aquí.

HORMIGA: ¡Cuánto te equivocas, mi amigo gigante!

Todos necesitan mi ayuda constante.

Trabajo en el nido y cuido a los bebés.

No debes aplastarme con tu enorme pie.

ABRIR

NIÑO: Pues mi mamá dice que son espantosas

y que en la merienda se llevan las cosas.

Nos roban las papas y las migas de pan.

Por ser tan ladrona, te voy a aplastar.

HORMIGA: ¡Yo no soy ladrona! ¡Menuda mentira!

Es que las hormigas necesitan migas.

Una papa frita da para un montón.

Por favor, no me aplastes con un pisotón.

NIÑO: Pero si a eso juegan todos mis amigos.

Aplastar hormigas es muy divertido.

Me miran y quieren que te aplaste ahora.

Pequeña hormiguita, te llegó la hora.

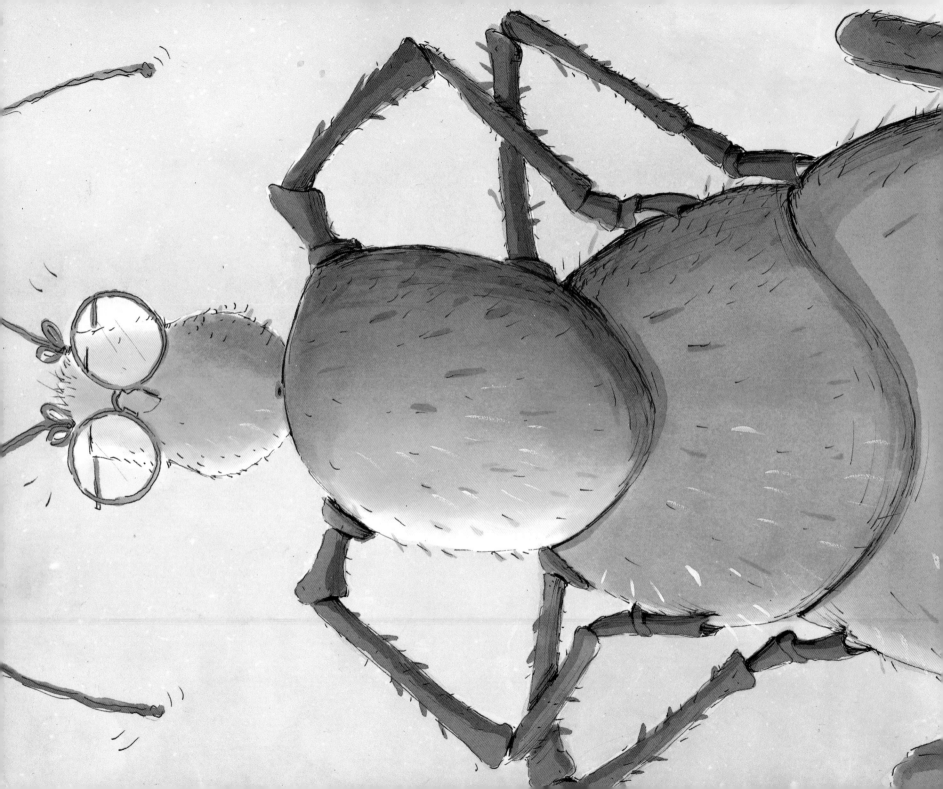

HORMIGA: Veo que eres fuerte y descomunal.

Puedes distinguir entre el bien y el mal.

Si yo fuera grande y tú de mi tamaño,

¿qué te parecería si te hiciera daño?

¿Debería aplastarla o dejarla vivir?

Eso sólo el niño lo puede decidir.

Dejémoslo ahí con el pie alzado.

¿Te parece a ti que debe bajarlo?

A todas las hormigas aplastadas. –H.H.

A Ruby, con el zapato levantado. –P.H.

Originally published in English as *Hey, Little Ant*

Text copyright © 1998 by Phillip and Hannah Hoose
Illustrations copyright © 1998 by Debbie Tilley
Translation copyright © 2002 by Scholastic Inc.

A recorded English language version of *Hey, Little Ant* is available.
For ordering information, visit www.heylittleant.com.

TRICYCLE PRESS
a little division of
Ten Speed Press
P.O. Box 7123
Berkeley, California 94707
www.tenspeed.com

Free English language *Hey, Little Ant Teachers' Guide* available on our Web site.

Translation by Aurora Hernandez
Book design by Susan Van Horn/production by Chloe Nelson

Library of Congress Cataloging-in-Publication Data (English language Edition)
Hoose, Phillip M., 1947–
Hey, little ant / Phillip M. Hoose and Hannah Hoose ; illustrations by Debbie Tilley.   p. cm.
Summary: A song in which an ant pleads with the kid who is tempted to squish it.
ISBN 1-58246-088-4 Spanish hc / ISBN 1-58246-089-2 Spanish ppk
1. Children's songs—Texts. [1. Ants—Songs and music. 2. Songs.] I. Hoose, Hannah. II. Tilley, Debbie, ill. III. Title.
PZ8.3.H774Hg 1998   782.42164'0268—dc21   [E]
98-14025

First Tricycle Press Spanish printing, 2003
Printed in China

1 2 3 4 5 6 — 08 07 06 05 04